KB209826
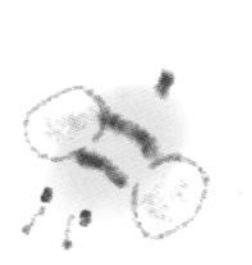

토끼가 구운 빵

시읽는어린이 157

토끼가 구운 빵

2024년 12월 16일 1판 1쇄 인쇄 / 2024년 12월 30일 1판 1쇄 발행

지은이 김명희 / 펴낸이 임은주
펴낸곳 청개구리 / 출판등록 2003년 10월 1일 제2023-000033호
주소 (12284) 경기도 남양주시 다산지금로 202 (현대 테라타워 DIMC) B동 3층 17호
전화 031) 560-9810 / 팩스 031) 560-9811
전자우편 treefrog2003@hanmail.net
네이버블로그 청개구리출판사
인스타그램 treefrog_books

북디자인 서강 / 일러스트 송민영
출력 우일프린테크 / 인쇄 하정문화사 / 제책 상지사P&B

Bread baked by rabbit
Written by Kim Myungheui. Illustrations by Song Minyoung.

First published in Korea in 2024 by CHEONGGAEGURI Publishing Co.
Printed in Korea.

ISBN 979-11-6252-144-1 (74810)
ISBN 978-89-97335-21-3 (세트)

● KC마크는 공통안전기준에 적합하였음을 의미합니다.
● 이 책은 친환경 재생용지를 사용해 제작하였습니다.

시 읽는 어린이 157

청개구리

자신의 이름으로 당당하게

지난 추석이었어요. 밤에 둥그런 보름달이 뜬 것을 보고 아이들에게 "우리 소원을 빌어 보자."라고 말했어요. 문득 소원을 비는 사람이 우리만은 아닐 것 같았어요. 사람들 소원을 다 들어주다 보면 달이 엄청 피곤할 텐데, 달은 여전히 웃고 있었어요. 주어도 주어도 또 주고 싶은 넉넉한 할머니 마음, 더 나아가 화수분 같다는 생각이 들었어요.

산중턱이나 들판에 피어 있는 들꽃들은 늘 당당해요. 그 중에 엉겅퀴는 진짜 토종 우리나라 들꽃이에요. 이파리에 가시가 삐죽삐죽 나와 있어서 가까이 가면 찔릴 것 같아요. 아무도 가까이 가지 않으려고 하는 들꽃이에요. 그러나 보랏빛 예쁜 꽃을 피우고 외래종하고도 타협하지 않아요. 들판과 산은 우리가 지킬 테니 염려 말라는 강한 의지로 보여요.

친구들도 자신의 이름을 걸고 달처럼 넉넉하게, 엉겅퀴처럼 당

당하게 자랐으면 좋겠어요. 자신만의 꽃봉오리로 화르르 피어나길 진심으로 바라는 마음 간절해요. 자기표현이 서툰 친구들에게 작은 거미가 말해요. "나는 세상에서 제일가는 건축가야. 우리 집은 세상에서 제일 강한 집이고, 창문도 많아. 우리 집에 한 번 들어오면 절대로 나가고 싶지 않을 거야."라고요.

그 작은 거미를 통해 자기 자신을 당당하게 사랑하는 법을 배울 수 있어요. 자기가 잘하는 것을 살리면서, 이웃과 서로서로 도와 가며 성장하는, 넉넉한 친구가 되길 바래요.

이번에 펴낸 동시집『토끼가 구운 빵』에는 선생님이 태어나고 자란 바다 이야기와 주변의 소소한 이야기, 그리고 작은 벌레와 꽃들이 어떻게 성장하고, 자기답게 살아가는지 정답게 그려냈어요. 소리 내어 읽어 보세요.

연둣빛 봄을 기다리며

김명희

차례

1부 아침 일찍 바닷가

2부 여름은 뚝딱뚝딱

3부 쉽지 않은 만남

4부 보랏빛 머리 할머니

1부

아침 일찍 바닷가

가지가지 | 해가 짠 | 아니야 | 한숨 | 달밤 | 꽃샘 | 일단 멈춤
동쪽 바다 | 바쁘다 바빠 | 청개구리 | 아침 일찍 바닷가
뿌리만 | 바이킹 | 이기는 산 | 사실은

가지가지

지우가
펼쳐 놓은 하얀 도화지에
커다란
나무 한 그루

엄마가 고개를 갸웃갸웃
—왜 이렇게
　나뭇가지를 많이 그렸니?

—참새, 박새, 멧새……
　의자잖아

요건
바람 앉으라고
햇살도 앉으라고

해가 짠

비 오는 날
주문이란 주문은
다 외웠지

—하늘아 잘 들어!

우리할머니과수원물에잠겼잖아건져주고2층옥상날라간
것제대로가져와안그러면너죽어알았지~

땅을 앞발로 꽝 차면서
이야~
기압도 넣었더니

정말
폭풍이 물러가네

난 마법사인가 봐

아니야

산수유나무에
앉은 직박구리

여기저기
똥똥똥똥
똥 아니야 꽃똥이야

온 힘 다해
세상에
두근두근
새싹
내보낸다

바위틈 사이에도
노랗게 노랗게
화르르 피었다

한숨

태풍이
외할아버지네 과수원 사과를
밤새도록 흔들어

내빼다가
사과를 몽땅
땅에 떨어뜨려 버린 거지

할아버지 아침부터
쓰러진 나무
다시 일으켜 세우고
떨어진 사과
바구니에 주워 담았어

하늘 한 번
올려다보고

사과나무
한 번 보고

달밤

물고기 비늘이
반짝이는 것은

달빛으로 닦아 내고
별빛으로 닦아 내서

반짝반짝
눈부셔라

물고기들
서로서로 비춰 보려고

달밤에
비늘 갈아입는다

꽃샘

신학기가 되어
잘생긴 승윤이
미진이와 짝이 되었다

마음속이 부글부글
툭툭거리다가

미안! 미안!
앞으로 친하게 지내자
화해하려는데

승윤이 미진이에게
싱긋 웃자

손 내밀던 내 마음에
또다시
폭설

일단 멈춤

아파트
들어갈 때도 나갈 때도
아빠 차를
가로막는다

센서가
등록증을 감지한 후에야
차단기를 올린다

—숙제했니?

아침부터
센서 작동하는
엄마 차단기

동쪽 바다

바닷바람이
손님맞이 하느라
바쁩니다

바다를 쓸고

또 쓸고

방금
빨간 햇덩이 하나
막 도착했습니다

반가운 마음에
맨발로 마중 나온
바람

노래까지 부릅니다

바쁘다 바빠

눈발 속으로
짜장면 배달 아저씨
아파트로 들어선다

자동차들은
눈을 덮어쓰고
꼼짝 못 하는데

짜장면 배달 오토바이
눈밭을 종횡 무진한다

눈도 빙판도
배달 오토바이에게
길을 내어 준다

—천천히 조심해!

청개구리

비만 오면
운다고?

억울해
억울해
어굴어굴해

엄마 말 안 들은
못된 놈이라고?

분해서

잠도 안 오고

공부도 안 되고

아침 일찍 바닷가

아침 일찍
대왕암에는 시끌벅적

말미잘이
물을 뿜었다 뱉으며
플랑크톤을 내어 줍니다

작은 멸치들이 모여들어
배를 채웁니다

얼굴 쏙 내밀며
날치도 받아먹습니다

바위에 붙어 있던
따개비도
슬쩍,
눈치 보다 한입 먹고는
시침 뚝 떼고 앉아 있습니다

대왕암이

휙 둘러보고는

흐뭇하게 웃습니다

뿌리만

대지진이
조선인 반란이라고
주동자를 뽑아
법정에서 고문하면서

한마디만 해라
내가 주동자라고

조선인이 말했대

내 몸은 죽을지언정
내 정신은 다시 살아날 것이다

다 죽어도
뿌리만 살면
다시 싹 틔울 수 있을 거니까

천 번 만 번 죽여도
썩지 않는

바이킹

태풍이다!

출렁출렁
출렁출렁 출렁출렁
출렁출렁출렁

으악 으악
으악으악으악으악으악
사람 살려!

한바탕 태풍 다녀갔지만

우리 가족
무사히
항구에 도착

이기는 산

명랑대첩 때
죽은 일본군까지
왜덕산 품에 묻어 줬다는데

여름이면 더울까 봐
바다 그늘 내어 주고

겨울이면 추울까 봐
해변 이불 덮어 줬대

전쟁마다 일본을
이길 수 있었던 건

진도에
왜덕산이
살아 있기 때문이래

사실은

선운사 입구에는
푸른 그림이
천 년 동안

바위가 무너질까 봐
조마조마

송악*이 떨어질까 봐
아슬아슬

사실은
계곡이 끌어당기고
부처도 잡아 주는데

★송악 : 중부 이남 표고 800m 이하의 산록이나 울릉도를 비롯한 난대림 지역에 자생하는 상록의 덩굴식물이다. 담장나무 혹은 큰잎담장나무로도 불린다.

2부

여름은 똑딱똑딱

하느님 제발 | 세상에서 가장 강한 집 | 어떤 건축사 | 거미
우리 집은 금이 갔는데 | 여름은 뚝딱뚝딱 | 주먹밥 | 눈치 없이
봄 | 사과, 붉으락푸르락 | 토끼가 구운 빵 | 콩나물국밥
비마중 | 햇볕 | 나무

하느님 제발

내 자전거
날아가 버렸어

앞마당 강아지 집도
멀리
이사가 버렸어

은행나무 가지까지
와작, 부러뜨렸어

하느님!
태풍 좀 그만
데려가면 안 돼요?

세상에서 가장 강한 집

가느다란 줄
약하게 지은 집이라고?

천만에
만만에

우리 집에
일단 들어와 보면 알아
얼마나 좋은지

가만히 있어도
바람까지
들른다니까

여기저기
창문도 많아

어떤 건축사

거미는

고치고
또 고치고

햇살에도 나눠주고
바람에도 나눠주고

또
집을 고친다

오늘 아침에
산책 나온 내 얼굴에도
거미 집 한 채

분양

거미

거미 아빠는
전날 저녁에
그물을 던져둡니다

아침 일찍
그물을 당기러 나왔습니다

걸리는 건
이슬뿐입니다

어제도 식구들이
종일 먹지 못했습니다

또
그물을 던집니다

우리 집은 금이 갔는데

거미가
줄을 꺼내
이쪽저쪽
왔다 갔다

밤새도록 지은 집

바람이 한차례 출렁
비가 물방울을 매달고
지나가던 솔가지 척

흔들흔들
버티는 집

지진이 일어나도
끄떡없겠어

여름은 똑딱똑딱

능소화 피었다
능소화 졌다

폈다 폈다 폈다 폈다
지고 지고 지고 지고

코스모스가 폈다

주먹밥

가로수로 서 있는 이팝나무
꽃으로 주먹밥 만든다

계엄군에게
대학생 형, 오빠가 총에 맞아 죽자
거리로 나온 시민들
중학생 고등학생까지
모두 나와 저항합니다

먹고 싸워야지
그래야 힘을 내지
자자,
많이많이 먹어라

거리거리
이팝꽃
한몫 단단히 합니다

눈치 없이

3월에
눈이 와요

가지에 앉아서
자기가
산수유꽃보다 더 이쁘다고
매화보다 더 이쁘다고

빽빽 우기는
눈꽃 봉오리

봄

꽃이 먼저
손 들었을 거야

여기
여기요!

꽃그릇 들고
윙윙거리는
벌

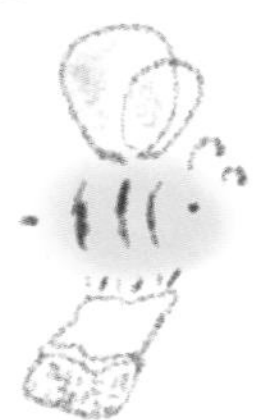

사과, 붉으락푸르락

사과가
식탁 위에서
나를 기다린다

마트 일 끝나야
돌아오는 엄마

뾰로통해진 나는
사과를 툭툭 건드린다

사과가 데구루루 툭,

엄마가 직장에 다녀야
우리 민성이랑 먹고 살지

엄마 목소리

얼른 사과를 주워
식탁 위에 올린다

토끼가 구운 빵

오늘은 추석

선유가 먹고 해미가 먹고
동운이가 먹고 설아가 먹었는데

아직도
동그란 빵

하늘에
그대로 남아 있다

콩나물국밥

엄마와 콩나물국밥 먹는데
국밥 속에서
머리 두 개 달린 괴물이
나왔다

엄마를 쳐다보며
숟가락을 내려놓는다

왜 안 먹어?
콩이
머리도 좋게 만들고
키도 크게 만들고
또, 또 뭐 있더라

정말? 정말이지?
요번에 책읽기 대회에
1등 할 수 있는 거지?

머리 두 개 달린 괴물이
노란 나비 되어
날개를 접었다 폈다

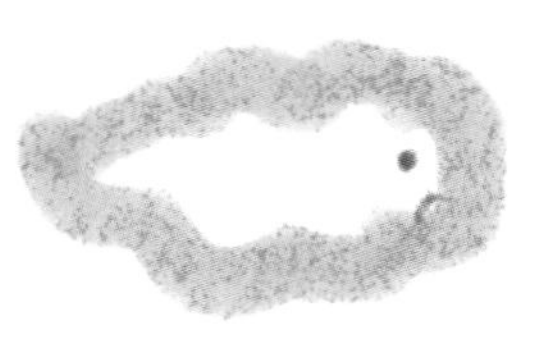

비마중

구름이 달리기 시합하나 봐
흰구름 새털구름 비눗방울 구름……

맨 나중에 온 검은 구름이
씽씽 앞질러 가

어디까지 달려?
종착지가 어디야?
바람도 덩달아 달리며 물어

빨리 빨리
지금
비마중 가는 거잖아

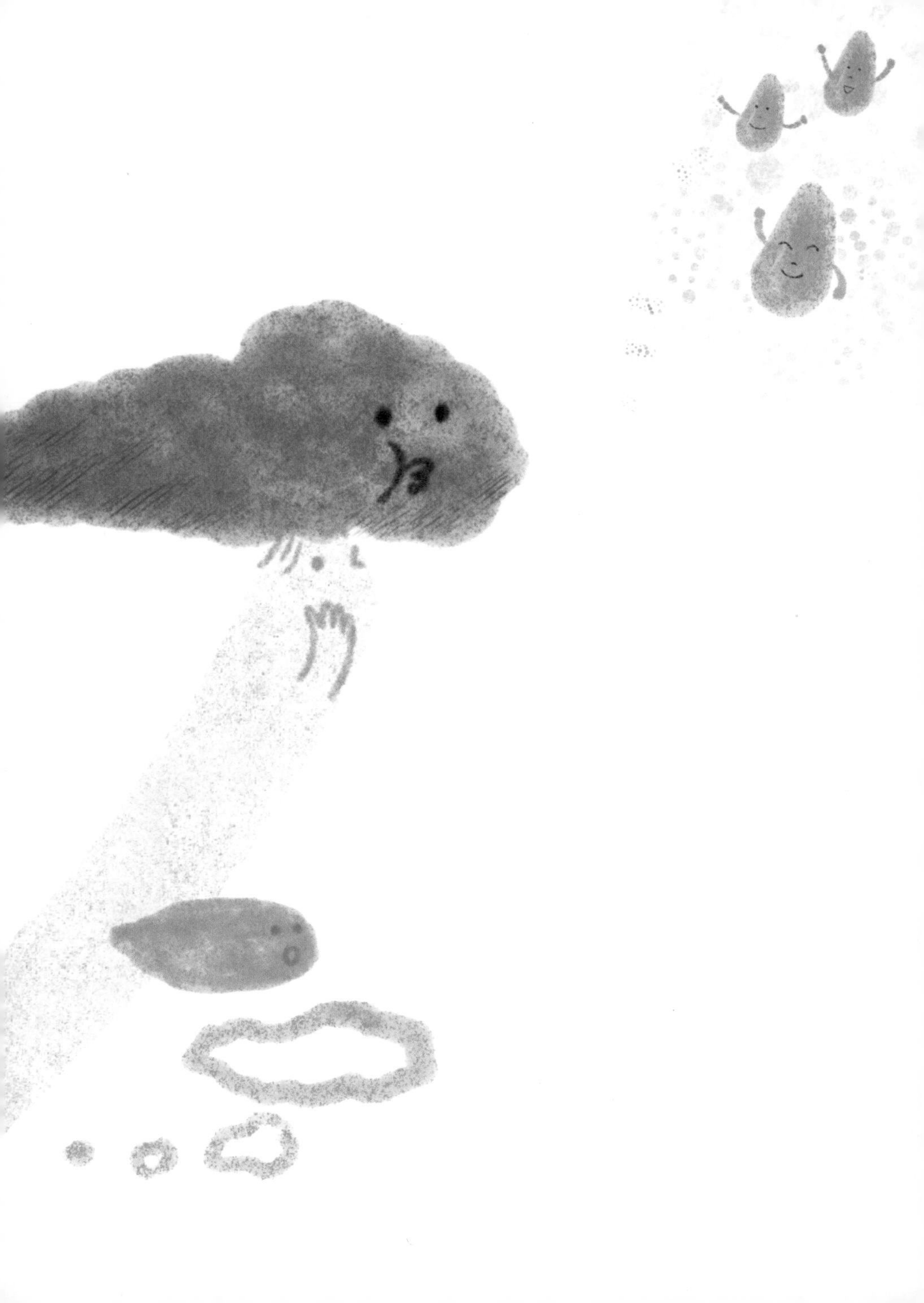

햇볕

변덕쟁이
사춘기 누나

웃었다
화냈다
구름 뒤에 숨었다

다시 나왔다

나무

나뭇잎 수북이
발아래 내려다보며

이불 한 채 만드는데
1년 걸렸네
자자, 어서 들어와

살금살금 파고드는
공벌레, 딱정벌레
들쥐, 다람쥐, 두더지

자기 옷 다 벗어
만든 이불
통째 다 내주고도

무엇이 좋은지
가지 흔들며
웃는 거 좀 봐

3부

쉽지 않은 만남

바뀌면 | 어쩌려고 | 나이테 | 송홧가루 | 이슬 | 저녁이 됐어요
눈 | 눈 오는 날 | 개펄 | 쉽지 않은 만남 | 활짝짝 | 얼음 땡
폭포 | 철봉

바뀌면

엄마는 커피 마시고
나는
고구마라떼 마셨다

고구마가 녹아서
라떼로 바뀌는 순간

마음이
따끈따끈

어쩌려고

소나기 소리만 들려도
심장이 근질근질

밖에 안 나가고는 못 배기는
지렁이

금방 햇빛이 쨍쨍할 텐데
어쩌려고

나이테

나무속으로
잎이며 꽃, 열매들
차례로
지나가자

거기
아이들 웃음소리
한 바퀴

한 학년이 올라갔다

송홧가루

송홧가루가 바람기차 타고
여행을 떠나요

바람 소리 내며
날아서 날아서 가다가

밤사이 아빠 차 위에서
쉬었다 갔어요

잘 쉬었다 간다는 말 대신
노란 꿈 남기고
떠나갔어요.

이슬

해님이 잠깐
호랑이 장가가는 거
보러 간 사이에

여우비가
달아 준 풀잎 열매

저녁이 됐어요

주공아파트
평상에
호박고지* 널려 있어요

할머닌 드르렁드르렁
옆에서 해는 크릉크릉쿡

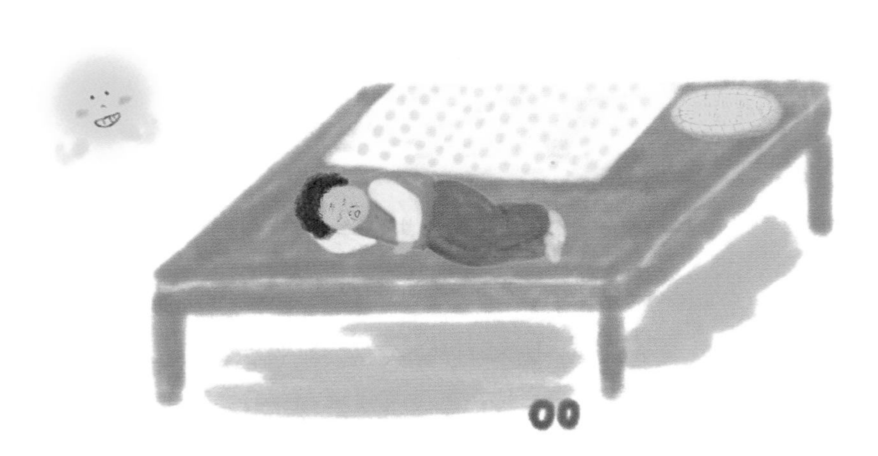

기지개를 쫙 켠

해는

서둘러

산마루로 꼴딱 넘어가고

마른 얼굴로

할머니

호박고지 거둬들여요

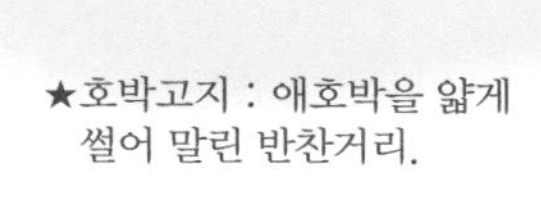

★호박고지 : 애호박을 얇게
썰어 말린 반찬거리.

눈

눈이 내린다
길도 덮고
나뭇가지도 덮었다

우리 아파트 건너편
32층 아파트도 덮었다

이불 한 장으로

눈 오는 날

자유가 좋다고
세상이 다 집이라고
뻐기던 길고양이

야옹~ 야옹~
하얀 눈 뒤집어쓰고
햇살 쪽으로 간다

개펄

개펄 초등학교 6학년 1반
짱뚱어, 달랑게, 바지락, 꼬막……

와와와
체육 시간 왁자하니 시끌벅적

한쪽에선
피구
한쪽에선
달리기

아웃 당한 바지락
거품 무는 달랑게

둥근달 오르기 전에
끝나기는 틀렸다

쉽지 않은 만남

함박눈이
우리를 부릅니다

안 돼!
왜 못 놀게 하는 거야?

요즘은
눈이 산성이라니까
엄마가 소리칩니다

공장에서 나온 매연
자동차에서 뿜어 대는 이산화탄소
때문이지

그런 줄도 모르고
함박눈은 금세

공장도 아파트도
아빠 자동차도

하얗게 하얗게
덮어 버립니다

활짝짝

꽃밥 한 상 차려 놓고
벌과 나비 불러들여요

배고팠지야!
벚꽃이
통째 다 내어 줍니다

활짝짝
웃습니다

얼음 땡

형이랑 장난치다
식탁 의자에서 꽈당!

아 아아!
엎치락뒤치락

수도꼭지 또 틀어 놨나?
엄마 목소리에

뚝!

폭포

체육
다이빙하기
백 점

환경미화
백 점

미술
동그라미 그리기도
백 점

내 사전에
불가능은 없다

철봉

교통사고로
형이
하늘나라 떠나고
엄마 눈에 물웅덩이 생겼다

물웅덩이에는
나무가 거꾸로 서 있고
민들레도 거꾸로 핀다

날마다 해가 물속에서 뜨고
구름이 흐른다

나도
물구나무서서
하늘을 본다

4부

보랏빛 머리 할머니

쑥 | 걱정 | 캉캉캉 흔들흔들 | 무안 연꽃축제 | 여름을 안고 앗, 뜨거

보랏빛 머리 할머니 | 듣기만 해도 침이 고인다 | 감기 뚝! | 엄마가 활짝

물수제비 | 화가 이중섭 | 나는 호박꽃 | 고추 말리기 | 가을 풍경

쑥

병영 할매네
밭둑

쭈뼛쭈뼛
내밉니다

겨울
호주머니에 집어넣었던
손

걱정

할머니,
광주에 낙뢰가
마흔두 번이나 내리쳤대요
낙뢰 때문에 사람도 한 명 죽고요
그 시간에 할머니는 어디 계셨어요
지붕 아래가 제일 안전해요
집에서도 텔레비전은
절대로 켜지 마세요
알았죠!
할머니

캉캉캉 흔들흔들

놀이터 그네는

혼자 심심하다

빗방울 앉았다 떠난다

다 늦은 저녁에 온 강아지

우리 뽀삐 그네 탈까?

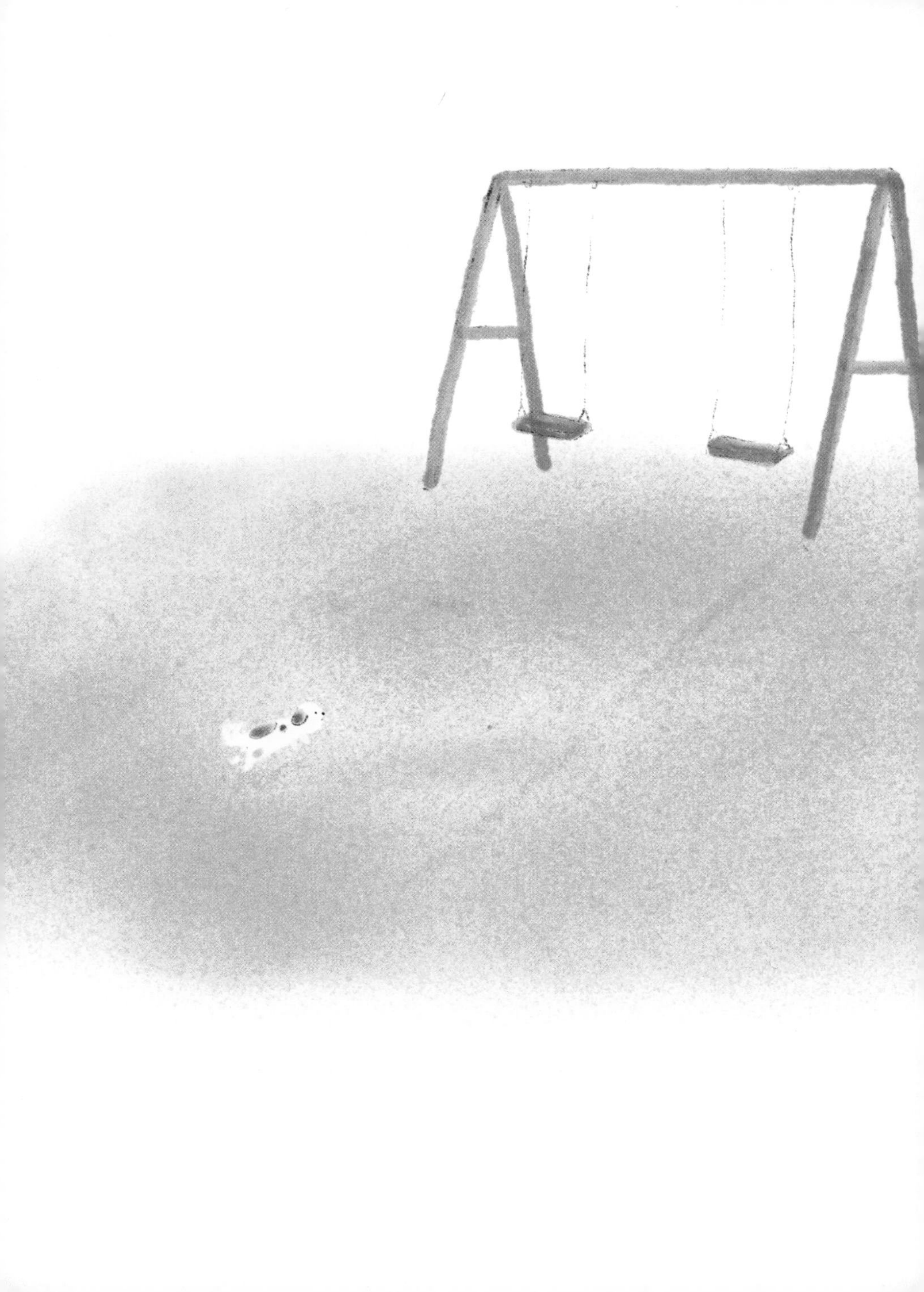

무안 연꽃축제

오늘은
연꽃축제 하는 날

우리가
할 일은
화알짝

함께

분홍 하양
축제 만들자

와~
여기저기 손 든
연꽃들

여름을 안고 앗, 뜨거

오늘도
폭염

넓은 잎 만들어
꽃을 감싸는 칸나

한차례
소나기

힘껏
팔을 뻗어

하늘 안아 주는
우산

보랏빛 머리 할머니

시골에서
할머니 따라온
엉겅퀴
민수네 아파트 베란다를
장악했어

굵은 꽃대를 올리더니
보랏빛 꽃으로
당당해

페라고늄 거베라 히야신스……
모두 우러러 보는데

바람까지 합세한
민수네 베란다

으샤으샤

듣기만 해도 침이 고인다

아오리 사과
속에서
상큼한 수아 말소리

나
너랑 짝꿍 되어
정말 기뻐

수아 목소리
달콤새콤

감기 뚝!

입맛 없다는
엄마

불고기
한 냄비 다 먹고는

엉덩이로
뿌웅~

쏴 올린
감기

엄마가 활짝

돌아간
해안도로엔
싸리꽃
가득

물수제비

난 마음만 먹으면
날 수 있어

자,
자 보라고

쌩~
다다다다다다 퐁

나,
난 것 봤지?

화가 이중섭

담배 피우고
은박지에

용암으로
붓질한다

고추먹고 맴맴
담배먹고 맴맴

제주 바다
그

짠물로
그렸다

나는 호박꽃

할머니 집에
호박
울타리 잡고 넌출넌출 걸려 있다

내 마음도 공중에서 데롱데롱

툭,
할머니가 받아 안는다

고추 말리기

할머니 집으로 출동!

우리는
고추를 따
소쿠리에 담았다

우주에서 온
빨강 로켓
파랑 로켓

한바탕
우주전쟁

빨강 고추
파랑 천막 천 타고

쭈글쭈글

할머니 되었다

가을 풍경

억새 앞머리가 길어
눈도 코도 보이지 않는다

미용실에
내가 같이 가 줄까

눈을 가리면
코스모스
한들한들
볼 수 없잖아

뭉클한 감동과 능청스러운 재미가 솔솔

이성자 (문학박사, 시인)

1.

내가 아는 김명희 시인은 온갖 사물과 속마음을 나누며 흥얼흥얼 노래 부르기를 참 좋아해요. 특히 달리는 차 속에서 창밖을 바라보며 부르는 노래는 옆 사람들까지 즐겁게 만들곤 하지요. 아마도 노래하는 마음으로 시와 동시를 그려내고, 동화와 그림동화를 쓰는 것 같아요. 그동안 출간된 작품들을 보면 우리가 생각지도 못한 이야기들을 노래 부르듯 그려내곤 했으니까요. 최근에 발표한 장편동화 『푸다닭』에서 가출하는 닭을 만났는데 푸하하 웃음이 나왔어요. 『귀신고래 대미의 모험』을 통해 바다의 엄청난 비밀도 알게 되었지요. 우와, 우와! 감탄이 절로 나왔답니다.

그런데 이번에는 시인이 세 번째 동시집을 출간한다는군요. 제목이 『토끼가 구운 빵』이에요. 추석날 먹고 또 먹었는데 아직도 동그랗게 남아 있는 빵이래요. 그 빵은 도대체 어떤 빵일까요? 지금

부터 나와 같이 시인이 쓴 58편의 동시를 읽으며 바다로 들판으로, 멀고 먼 하늘나라까지 랄랄라 함께 노래 부르며 돌아다녀 봐요. 토끼가 구운 빵을 찾을 수 있고, 더 나아가 뭉클한 감동과 능청스러운 재미까지도 얻을 수 있을 거예요.

2.

아침 일찍
대왕암에는 시끌벅적

말미잘이
물을 뿜었다 뱉으며
플랑크톤을 내어 줍니다

작은 멸치들이 모여들어
배를 채웁니다

얼굴 쏙 내밀며
날치도 받아먹습니다

바위에 붙어 있던
따개비도
슬쩍,

눈치 보다 한입 먹고는

시침 뚝 떼고 앉아 있습니다

대왕암이

휘 둘러보고는

흐뭇하게 웃습니다

—「아침 일찍 바닷가」 전문

시인의 고향은 경주시 감포읍 고래섬 마을 너붕간이에요. 신라 30대 왕, 문무왕수중왕릉이 있는 그곳에서 태어나고 자랐다는 자부심이 대단해요. 원자력 발전소 때문에 많은 보상을 받고 사람들이 떠나 버린 바다를 대왕바위가 꿋꿋하게 지키며 수호하고 있다는 곳, 그곳에 가면 안타까움 반 자랑스러움 반 그런 마음이 교차한다고 해요. 이 시에는 고향을 향한 시인의 그리운 마음이 감동적으로 그려져 있어요. 말미잘이 내어 주는 플랑크톤을 사이좋게 나눠 먹는 작은 멸치, 날치, 따개비 등이 눈에 보이는 듯해요. 대왕암이 휘 둘러보며 흐뭇하게 웃는다고 하네요. 고향을 생각하며 하찮아 보이는 작은 것들을 챙기는 시인의 마음이 잘 드러나 있어요.

「동쪽 바다」에서는 아침 일찍부터 바닷바람이 손님맞이 하느라 바빠요. 바다를 쓸고 또 쓸고. 그 손님은 바로 방금 도착한 빨간 햇덩이예요. 바람은 노래까지 부르며 맨발로 마중 나와요. 그리고 「달밤」에서 물고기들이 비늘을 달빛으로 닦아 내고, 달빛으로 닦아 내서 반짝반짝 눈부시다고 해요. 그러니까 물고기들은 달밤에 비늘을 갈아입는 것이지요. 바다에서 태어나고 바다에서 자랐던 시인만이 느끼고 발견할 수 있는 아주 멋진 표현이에요.

3.

오늘은 추석

선유가 먹고 해미가 먹고
동운이가 먹고 설아가 먹었는데

아직도
동그란 빵

하늘에
그대로 남아 있다

—「토끼가 구운 빵」 전문

위 동시는 동시집 표제작으로 뽑혔어요. 시인은 추석날 밤이면 친구들과 어울려 하늘을 올려다봐요. 달이 보이겠지요. 그런데 시 속에 어디에도 동그랗게 뜬 보름달이 나오지 않아요. 동시를 읽는 순간 아하~ 둥그런 빵이 바로 보름달이구나 하는 생각이 들어요. 시인은 원관념을 꼭꼭 숨겨 놓고 능청스럽게 보조관념을 툭 던지며 빵은 빵인데 무슨 빵일까요? 수수께끼 놀이를 하는 것처럼 동시를 써요. 맞춰 보는 재미가 있을 거예요.

시인은 거미와도 대화를 나누며 지내요. 거미는 자기가 지은 집이 '세상에서 가장 강한 집'이라고 해요. 사람들은 가느다란 줄로 약하게 지은 집이라고 생각하는데, 거미는 들어와 보면 창문도 많고 바람까지도 들락거리는 집이래요. 그것뿐이 아니에요. 거미는 건축사라는군요. 거미는 집을 고쳐서 햇살에도 바람에도 나눠준대요. 산책 나온 시인의 얼굴에 착 달라붙는 거미줄을 거미집 한 채 분양해 주었다고 하네요. 참 재미있는 발상이에요. 자연 속 온갖 사물과 마음을 터놓고 이야기 나누며 사는 시인이 부럽기도 해요.

「햇볕」에서는 '웃었다 화냈다' 하는 변덕쟁이 사춘기 누나를 '햇볕'에 비유하고 있어요. 원관념을 숨긴 채 보조관념으로 누나의 기분을 잘 살려내고 있어요. 오랜 세월 시를 쓰고 익힌 능력이지요. 그리고「나무」에서는 이불 한 채 만드는 데 1년이 걸린다고 했어요. 낙엽을 이불에 비유한 거예요. 자기 옷인 이파리 다 벗어 '공벌레, 딱정벌레, 들쥐, 다람쥐, 두더지'에게 통째 내어 준다고 했어요. 평소 나누기를 좋아하는 시인의 마음이 잘 나타나 있어요.

4.

가로수로 서 있는 이팝나무

꽃으로 주먹밥 만든다

계엄군에게

대학생 형, 오빠가 총에 맞아 죽자

거리로 나온 시민들
중학생 고등학생까지
모두 나와 저항합니다

먹고 싸워야지
그래야 힘을 내지
자자,
많이많이 먹어라

거리거리
이팝꽃
한몫 단단히 합니다

—「주먹밥」 전문

시인은 시청으로 가는 거리 양쪽 가로수에 활짝 핀 이팝나무를 보며 80년 광주의 5월을 기억해 내고 있어요. 오랜 세월이 지났지만 잊을 수 없는 그날, 계엄군에 맞서서 싸우던 젊은이들에게 주먹밥을 만들어 먹이던 시민들의 아픔을 이야기하고 있어요. 세월이 지난 지금도 숭어리숭어리 피어 있는 이팝꽃을 보며 그날을 떠올린 거예요. 그날은 거리의 이팝꽃까지도 주먹밥을 만들어 힘내라고 시민군들에게 먹이고 있었다고 기억하는 거예요. 사람도 한 그루 나무도 꽃들까지도 안타까운 그날을 잊을 수 없는 것이겠지요.

시인이 그려낸 『콩나물국밥』은 엄마와 아이가 함께 콩나물국밥을 먹으며 나누는 대화예요. 콩나물이 머리 두 개 달린 괴물처럼 느껴

져 먹지 않는 아이에게 엄마가 던지는 말이 재미있어요. 머리도 좋게 만들고 키도 크게 만들고…… 책읽기 대회에서도 1등 할 수 있을 거라고. 엄마 말을 듣고 기대하는 아이의 순수함이 재미있어요. 주변에 있는 어느 것 하나도 놓치지 않고 관찰하며 의미를 부여하고 있어요. 이처럼 시인이 쓴 동시는 인간과 자연 속에 숨어 있는 새로운 사실과 진리를 담아 독자들에게 깊은 깨달음을 안겨 주지요.

5.

함박눈이
우리를 부릅니다

안 돼!
왜 못 놀게 하는 거야?

요즘은
눈이 산성이라니까
엄마가 소리칩니다

공장에서 나온 매연
자동차에서 뿜어 대는 이산화탄소
때문이지

그런 줄도 모르고

함박눈은 금세

공장도 아파트도

아빠 자동차도

하얗게 하얗게

덮어 버립니다

—「쉽지 않은 만남」

바다를 걱정하고, 가로수 이팝나무를 올려다보던 시인이 이제는 함박눈을 걱정해요. "요즘은/눈이 산성이라"서요. 산성눈이란 고농도의 질산이 포함되어 내리는 눈을 말하는데, 피부에 자극을 주기 때문에 따갑고 가려움을 유발해요. 또한 발진, 설사, 탈수, 위장관 자극, 비염 증상 악화, 호흡기 질환 악화 등도 일으킬 수 있어요. 산성눈의 피해를 막기 위해서는 아이들이나 노약자는 외출을 자제하는 것이 현명하지요. 그런데 함박눈은 사람들이 자신을 이토록 두려워하며 걱정하는 걸 몰라요. 그런 줄도 모르고 공장도 아파트도 아빠 자동차도 하얗게 하얗게 덮어 주니까요. 「쉽지 않은 만남」은 함박눈을 피해야 하는 안타까운 현실을 얘기하고 있어요.

「나이테」에서는 아주 재미있는 비유를 하고 있어요. "나무속으로/잎이며 꽃, 열매들/차례로/지나가자//거기/아이들 웃음소리/한 바퀴"라고 아이들이 한 학년 올라가는 것을 나이테에 비유한 시인의 발견이 재미있고 재치 있어요. 「이슬」에서는 풀잎에 맺힌 '이슬'

을 여우비가 달아 준 풀잎 열매라고 노래해요. 「철봉」에서는 교통 사고로 형을 하늘나라로 보낸 엄마와 화자의 눈에 물웅덩이가 생겼어요. 그 물웅덩이에는 모든 것들이 거꾸로 서 있어요. "날마다 해가 물속에서 뜨고/구름도 흘"러요. 화자도 "물구나무서서/하늘을" 봐요. 철봉과 엄마와 자신의 눈에 생긴 물웅덩이라는 보조관념으로 형을 떠나 보낸 슬픔을 절절하게 그려 내고 있어요.

6.

난 마음만 먹으면
날 수 있어

자,
자 보라고

쌩~
다다다다다다 퐁

나,
난 것 봤지?

—「물수제비」 전문

작은 조약돌이 물수제비를 뜨며 으스대는 모습이 눈에 보이는 듯